OLD NORSE FOR MODERN TIMES

IAN STUART SHARPE
DR. ARNGRÍMUR VÍDALÍN
JOSH GILLINGHAM

OLD NORSE FOR MODERN TIMES
Text Copyright © 2020 Ian Stuart Sharpe, Arngrímur Vídalín, Joshua Gillingham.

Published by Outland Entertainment LLC
3119 Gillham Road
Kansas City, MO 64109

Founder/Creative Director: Jeremy D. Mohler
Editor-in-Chief: Alana Joli Abbott
Senior Editor: Gwendolyn N. Nix

ISBN: 978-1-947659-86-5
Worldwide Rights
Created in the United States of America

Editor: Tara Cloud Clark
Cover & Interior Illustrations: Nicolás R. Giacondino
Cover Design: Jeremy D. Mohler
Interior Design: Mikael Brodu

This book or any portion thereof may not be reproduced or used in any manner whatsoever without the express written permission of the publisher except for the use of brief quotations in a book review.

Created in the United States of America.
Printed and bound in China.

Visit **outlandentertainment.com** to see more, or follow us on our Facebook Page **facebook.com/outlandentertainment/**.

· PREFACE ·

For as long as I can remember, I've thought this book would be a good idea. Not exactly necessary, mind you but...amusing.

In fact, in the author blurb attached to my novels I mention how I once won a prize at school for Outstanding Progress. I chose a dictionary as a reward, secretly wishing it had been an Old Norse phrasebook. Growing up in 20th century Norfolk, England, it didn't feel like an anachronism. Time seemed to stand still on the farms and fens of East Anglia.

Then, at some point during the three years I spent wondering why I was doing a Law degree, I was gifted a copy of **Latin for All Occasions** (Lingua Latina Occasionibus Omnibus). This 1990 book by Henry Beard translated expressions like "Get your ducks in a row" to **Anates tuas in acie instrue**. As Beard noted, the significance of having ducks lined up would be lost on an ancient Roman (or indeed to a non-American), which made the whole escapade utterly hilarious.

The Norns had clearly spoken. I had to get there before Neil Gaiman did.

Looking back, Beard's book has two limitations. Firstly, what have the Romans ever done for us? And secondly, an awful lot has changed since the nineties. The world Beard describes is almost unrecognizable to me, just thirty short years later. Behaviour that was commonplace has become quaint, if not downright obsolete. Even the way we consume information - like the words in this book - has changed irrevocably.

I think, at root, **Old Norse for Modern Times** is an attempt to make sense of all that bewildering newness through the unique perspective of a Norseman. A group of warriors, merchants and sailors who uncovered all manner of strange and exciting new things as they explored the world. A culture that praised poets and worshipped wordplay. A civilization that has already given us hundreds of words and place names still in common use, as well as a language of startling directness.

Who better than the Norse to tell us that Thor must be mightily pissed off (**Þórr mun reiður vera**) or that the fishing trip isn't going as planned? (We're going to need a bigger boat/ **Þurfa munu vér skip stærra**).

And when Jǫrmungandr is finally reeled in? Ordering the beers sounds more emphatic in Old Norse (This drink, I like it! ANOTHER! **Líkar mér drykkr þessi! ANNAN!**).

I didn't start on this voyage alone. Joshua Gillingham, author of The Gatewatch is co-authoring, along with Dr. Arngrímur Vídalín, Adjunct Professor of Icelandic Literature at the University of Iceland's School of Education. Joshua and I first bandied the idea for the book around in the summer of 2019 while playing a prototype of his excellent boardgame **Althingi**. By the autumn, we met with Jón Karl Helgason, who was Visiting Professor at the University of Victoria. He recommended Arngrímur as the perfect skald right away, a man who possessed the right blend of erudition and humour. We literally couldn't have done this without him.

There are plenty of other people to thank – the mellifluous Siobhan Clark who will be helping record the phrases contained herein; Mathias Nordvig at the University of

Colorado for his input on our star map; the inspirational Steven Dunn whose website Fjorn's Hall is a treasure trove for Norse fans (and whose Northern Herbalist store delivered the Tea of Suttungr to our backers!); our indefatigable publisher Jeremy Mohler at Outland Entertainment; and our artists Nicolás R. Giacondino and Keith Curtis who helped bring a bygone age to life. And of course, the 386 Kickstarters who pledged their support for this phrasebook and helped turn a dream into a reality.

You are all the stuff of sagas.

ABOUT THE AUTHORS

Ian Stuart Sharpe (Ión Stívarður Skarpi) likes to imagine he is descended from Guðrum, King of the East Angles, although DNA tests and a deep disdain for camping suggest otherwise. He is the author of two novels set in his alternate Vikingverse, the **All Father Paradox** and **Loki's Wager**. As a child he discovered his love of books, sci-fi and sagas: devouring the works of Douglas Adams, J.R.R. Tolkien, Terry Pratchett and George MacDonald Fraser alongside Snorri Sturluson and Sigvat the Skald. He once won a prize at school for Outstanding Progress and chose a dictionary as his reward, secretly wishing it had been an Old Norse phrasebook. It took him thirty years, but he has finally realised his dream.

Dr. Arngrímur Vídalín is Adjunct Professor of Icelandic Literature at the Faculty of Subject Teacher Education at the University of Iceland›s School of Education. His field is Nordic medieval literature, but he also studies Icelandic literature of later ages. He has published extensively on monsters in Old Norse literature and is currently working on the translation of **Alice in Wonderland** into Old Norse.

Joshua Gillingham (Iósteinn Gythlingaheim) is a Canadian author from the seaside city of Nanaimo, BC. His debut series, The Saga of Torin Ten-Trees, is inspired by his unremitted fascination with Norse Myths and Icelandic

Sagas. Book 1: **The Gatewatch** invaded bookshelves and online retailers in May 2020 and will soon be followed by Book 2: **The Everspring** in Spring 2021. Besides an unhealthy obsession with Scandinavian desserts such as lefse and krumkake, Joshua embraces his Norwegian heritage by exploring the Old Norse language, poring over Saga translations, and designing Viking-themed board games for Outland Entertainment.

· CONTENTS ·

CHAPTER ONE:
MAKE NEW FRIENDS WITH OLD NORSE 13

CHAPTER TWO:
OLD NORSE FOR THE BIG PICTURE 23

CHAPTER THREE:
OLD NORSE FOR GOING ONLINE 33

CHAPTER FOUR:
OLD NORSE FOR THE BIG OCCASION 41

CHAPTER FIVE:
OLD NORSE FOR OLD SOLDIERS 53

CHAPTER SIX:
SLOGANS OF THE HIGH ONE 65

CHAPTER SEVEN:
OLD NORSE FOR SKALDS 75

CHAPTER EIGHT:
PREPPING FOR RAGNAROK 85

CHAPTER NINE:
OLD NORSE FOR KICKSTARTERS 95

·INTRODUCTION·

A BRIEF GUIDE TO OLD NORSE FOR MODERN TIMES

If you are like me, it has been a few lifetimes since anyone in your family conversed in Old Norse, and you are probably a bit rusty. This section is to help you prepare for your voyage of exploration.

Readers will be glad to know that during the Kickstarter for this project we were able to fund an audio version of the book, complete with appropriate pronunciations. You can listen for yourself – details are on the Vikingverse website! www.vikingverse.com

As you look through the text, the first thing you'll notice is that Old Norse uses a number of non-Latin letters. These characters used to be part of Old and Middle English too, but they dropped out of use over the past 500 years or so.

Eth (uppercase: Ð, lowercase: ð) is a letter used in Old and Middle English, as well as Icelandic, Faroese, and Elfdalian. **Eth** was also used in Scandinavia during the Middle Ages but was subsequently replaced with **dh** and later **d**. It is often transliterated as **d**, although in Old Norse ð is the same as the **th** in English "that".

Thorn or þorn (Þ, þ) is a letter in the Old English, Gothic, Old Norse, Old Swedish, and modern Icelandic alphabets as well as some dialects of Middle English. The letter originated from the rune ᚦ in the Elder Fuþark and was called "thorn" or "thurs" in the Scandinavian rune poems. In modern Icelandic it is pronounced similar to **th** in the English word "thick".

Æ (æ) is a letter in the alphabets of some languages, including Danish, Norwegian, Icelandic, and Faroese. As a letter of the Old English Latin alphabet, it was called "æsc" ("ash tree") after the Anglo-Saxon futhorc rune ᚫ; its traditional name in English is still "ash." It was also used in Old Swedish before being changed to ä. Today, the International Phonetic Alphabet uses it to represent a short **a** sound as in "cat".

Sprinkled throughout the chapters, you'll see some of Professor Vídalín's footnotes with an explanation where he has chosen a poetic translation over a more literal one. This is for two reasons: firstly, the sagas are full of such wonderful turns of phrases, we wanted to highlight them; and secondly, we didn't want to offer up unattested approximations that would essentially be modern Icelandic with archaic spelling.

The eagle-eyed will also note what looks like inconsistent punctuation between the English text and the translation. Rest assured the use of a dividing comma is deliberate, so as to be more akin to quotations from the sagas. Also, with apologies to all our shield-maidens, Old Norse is a heavily gendered language, but for simplicity's sake, we have used the masculine form throughout.

Please bear in mind that, in a book that straddles the millennia, an element of artistic license is to be expected. Our guiding principle, our **Leidarstjarna** if you will, is to be as authentic as academically possible while allowing for a raised smile - or eyebrow - once in a while.

· CHAPTER 1 ·

MAKE NEW FRIENDS WITH OLD NORSE

...

CONVERSATION STARTERS FOR WOULD-BE INVADERS

Hello, how are you?
- **Kveð ek þik vel. Hvat es fregna?**

My name is...
- **Ek heiti...**

Nice tattoo!
- **Fagrt es húðflúrit!**

Sorry, my Old English is a little rusty.
- **Tregt es mér enska tungu at mæla.**

I like the way you have...
- **Vel hefr þú...**

...plaited your beard.
- **...fléttat skegg þitt.**

...polished your relics.
- **...fægt þína helgidóma.**

...tonsured your hair.
- **...skorit hár yðart.**

...filed your teeth.
- **...brýnt tenn yðar.**

Look! We're wearing matching cloaks.
- **Sjá! Vér klæðumsk mǫttlum glíkum.**

I wouldn't want to be at the pointy end of that.
- **Eigi vilda ek líta eggjarhlið þessa.**

Barkeep, bring me more mead.
- **Sveinn, sel mér mjǫð minn en engar refjur.**

No, Viking helmets didn't have horns.
- **Eigi mun þat svá. Hǫfðu víkingar eigi horn á hjálmum sínum.**

Wagner has a lot to answer for.
- **Meira mælti Wagner af kappi en viti.**

THE GRASS IS ALWAYS GREENER IN GREENLAND

What a lovely day!
 ♦ **Fagr es dagr sjá!**

Looks like it's going to rain.
 ♦ **Svá es, sem rigna muni.**

It's raining cats and dogs.
 ♦ **Kǫttum rignir, ok hundum.**

Thor must be mightily pissed off.
 ♦ **Þórr mun reiður vera.**

It's colder than Jötunheimr out here.
 ♦ **Hér munu frosthǫrkr meiri en í Jǫtunheimum.**

Where I come from, this is considered nice weather.
 ♦ **Allgott þætti veðr þetta í Dofrafjǫllum.**

HEROIC EXCLAMATIONS

Oh dear!
- **Mun Loki þessu valdit hafa!**

It's just a flesh wound.
- **Eigi skal haltr ganga þó af sé fótrinn.**

Hel's Bells.
- **Bjǫllr Heljar.**

By Ymir's icy balls!
- **Við hrímhreðjar Ýmis!**

By Thor's roaring thunder!
- **Við þórdunu Þórs!**

Today is a good day to die.
- **Es þetta góðr dagr feigum.**

Odin owns you all!
- **Óðinn á yðr alla!**

MIND THE GINNUNAGAP

Honey, I'm home!
- **Kæra víf, ek em heim kominn ór víkingu!**[1]

How was the voyage?
- **Hvursu vas ferð þín?**

The crossing was terrible.
- **Lentu vér í hafvillum miklum.**

Long delays at the Kattegat again.
- **Tafir váru sem fyrr miklar í Jótlandshafi.**

If at first you don't succeed, try, try again.
- **Ef eigi es vegit í enu fyrsta einvígi, þá reyn aptr.**

What doesn't kill you, makes you stronger.
- **Þat, es eigi holda drepr, gørir þá sterkari.**

Have a nice day.
- **Haf góðan dag.**

---

[1] This would probably never have been spoken, but rather delivered via the good old Nordic cold, blank stare.

ENDING THE CONVERSATION WITHOUT USING YOUR SWORD

If I die in battle today, please delete my browser history.
* **Ef ek skylda falla í þessi orrustu, fyrirkom þú þá vefsǫgu minni.**

Gods, is that the time? My wife will have me blood-eagled.
* **Við guðin, es svá áliðit orðit? Kona mín mun rista mér blóðǫrn.**

I'm sorry, I really have to take this.
* **Eigi mun fleira mæla at sinni, ek þarf at svara símtali þessu.**

Well, that's one way to eviscerate a goat.
* **Svá es sem þér sýnisk, slœgð er geitin.**

Would you like some Lutefisk?
* **Tak þú hraustliga til lútfisks þíns, mannskræfa?**

Excuse me, I've got to see a man about a wolf.
* **Haf þú mik afsakaðan, ek þarf at finna mann sakir úlfs.**

It's your Viking funeral.
* **Eigi kann ek helskó at binda, ef þessir losna.**[2]

---

[2] A phrase spoken out of turn by Þorgrímr at a funeral in **Gísla saga**, making everyone believe he is the deceased's killer.

EN-THRALLING PICK UP LINES FOR SLAVE RAIDERS

Do you raid here often?
- **Stundi þér mikla rányrkju hér?**

Do you believe in love at first sight, or shall I sail past again?
- **Trúi þér á ást vit fyrstu sýn, eða skal ek sigla hjá ǫðru sinni?**

Life without you would be like a broken spear: pointless.
- **Líf án þín væri fúnum atgeir glíkt: bitlaust.**

If I were Odin, I'd give my good eye to be with you.
- **Væri ek Óðinn gæfi ek hitt augat til samfara við þik.**

I only date red heads.
- **Ek fífla aðeins konr rauðhærðar.**

I need a new figurehead for my longship.
- **Þarf ek nýtt hǫfut fyrir dreka minn.**

What's your take on concubines?
- **Hvat þykkir þér um frillur?**

BUMPER STICKERS FOR YOUR VIKING VOYAGE

If you can understand this bumper sticker, you need to move with the times.
* **Mikil er forneskja þín, getir þú lesit aktygjarún þessa.**

It takes a Viking to raze a village.
* **Þat krefsk víkings at eyða þorp.**

See you in Valhalla!
* **Hittask muno vér í Valhǫll!**

My other ride is a longship.
* **Hinn fararskjóti minn es langskip.**

Danger: Vikings Ahead!
* **Varúð: Víkingar fram undan!**

No Parking.
* **Bannat at leggia skipum.**

MEAD-BARREL TALK WHILE YOU TOP UP YOUR DRINKING HORN

Did you see Game of Thrones last night?
- **Sáu þit Krúnuleika it fyrra kvöld?**

Winter is coming.
- **Vetr kømr.**

The North remembers (although the details are a little hazy after the Yule feast).
- **Enn muna Húnvetningar (sumt þó betr en annat, eptir jólablótit).**

The King in the North.
- **Konungr norðrsins.**

You know nothing, Jon Snow.
- **Þér vituð ekkert, Jón Snær.**

Didn't this show finish in 2019?
- **Vas eigi kvæði þetta fullflutt tvö þúsund ok nítján vetrum eptir hingatburð várs herra Jesú Krists?**

I binge-watched all of the Last Kingdom during the lockdown.
- **Hámhorfða ek á It hinsta konungdømi í krúnukófinu.**

Is Ragnar really dead?
- **Es þat satt, at Ragnar es dauðr?**

I can't stand here talking all day. Time for my Odinsleep!
- **Eigi get ek hjalat hér ǫll dægr. Tími es kominn fyrir minn Óðinsblund!**

RAIDERS OF THE LAST POPCORN

Beam me up, Skadi.
- **Nem mig upp, Skaði.**

To boldly go where no man has gone before
- **At fara djarfliga þangat, es engi maðr hefir áðr farit.**

May the Force be with you.
- **Megi fjǫlkynngin fylgia yðr.**

I... have HAD... enough of... YOU!
- **Ek... hefi FENGIT... nóg af... YÐR!**

Aren't you a little short to be a Viking?
- **Munt þú eigi helzti smár vera af víkingi?**

Get in there, you big hairy oaf, I don't care what you smell.
- **Gakk inn, þú trǫllhærða finngálpt. Eigi tjóir hvern daun þú finnr.**

We're going to need a bigger boat.
- **Þurfa munu vér skip stærra.**

Divert all power to shields.
- **Sláit upp skjǫldu í stafni.**

No, I am your All-Father!
- **Nei, ek em þinn alfęðr!**

Do you feel lucky, punk?
- **Þykki þér lukka þín gnæg, flagð?**

Nobody puts Baldr in a corner.
- **Engi gørir hornkerlingu ór Baldri.**

I've got a feeling we're not in Birka anymore.
- **Mér finnsk, sem vér séim eigi lengr í Bjarkey.**

Go ahead, make my day.
- **Stíg fram ok mæt skepnu þinni.**

Say hello to my little friend!
- **Heilsa munt þú enum smáa vini mínum!**

Help, I'm being repressed! Come see the violence inherent in the system.
- **Mjǫk emk kúgaðr! Sjá ofbeldit, es býr í goðaveldinu.**

What have the Vikings ever done for us?
- **Hversu hafa víkingar launat okkr vinargreiðann?**

The name's Bond, James Bond.
- **Nafn mitt es Bóndi, Jakaupr Bóndi.**

What we do in life, echoes in eternity.
- **Þat, es vér gørum í lifanda lífi, fáum vér goldit í Valhǫllu.**

At my signal, unleash hell.
- **Vit merki mitt, brytit þá niðr fyrir fjándann.**

I'll make him an offer he can't refuse.
- **Gøra mun ek honum boð slík, es hann getr eigi hafnat.**

Revenge is a dish best served cold.
- **Hygginn maðr hefnir ei sakar fyrr en gleymsk hefr.**

And when Alexander saw the breadth of his domain, he wept, for there were no more worlds left to conquer.
- **En es Alexander sá stærð ríkis síns, gret hann smæð þess, því engi fleiri heimar váru eptir til at herja í.**

RAGNAR'S SHAGGY STORIES
– LINES FROM TRAVIS FIMMEL –

We live to fight another day.
- **Vér lifum ok beriumsk annan dag.**

You give the Gods too much credit.
- **Um hvað reiddusk goðin, þá hér brann hraunit, er nú stǫndu vér á?**

I would worry less about the gods and more about the fury of a patient man.
- **Eigi munda ek hræðask guðin svá mjǫk sem ek óttask reiði þolinmóðs manns.**

Power is only given to those who are prepared to lower themselves to pick it up.
- **Ríki er þeim einum gefit, er beygir sik til at ná því.**

We fight. That is how we win, and that is how we die.
- **Vér berjumsk. Þannig sigrum vér, ok þannig munu vér deyia.**

Don't waste your time looking back - you are not going that way.
- **Hyggðu eigi at hvívetna; allt verðr enn víl, sem er.**

We will never meet again, my friend, for I have a feeling that your God might object to me visiting you in heaven.
- **Eigi munu vér hittask aptr, frændi. Grunar mik, at guð þinn meini mér at heimsækja þik til himna.**

When your time comes, you must lead with your head, not with your heart.
- **Þegar es þinn tími kømr, skaltu atgǫngu veita með hǫfðinu, en eigi hjartanu.**

Farmer. Earl. King. Legend.
- **Bóndi. Jarl. Konungr. Goðsǫgn.**

SHIELDMAIDEN MUSINGS
– THE WISDOM OF LAGERTHA –

If the gods don't protect me, then who can?
- **Ef eigi vernda mik guðin, hverr þá?**

The truth can be a bad choice for a wise man.
- **Sannleikr es slæmt athvarf horskum manni.**

You couldn't kill me if you tried for a hundred years.
- **Eigi gætir þú mik vegit þótt reyndir þú heila ǫld.**

I was never the usurper, always the usurped.
- **Aldrei rænda ek vǫldum, vas ætíð sá, es rændr vas.**

I never forget anything.
- **Engu gleymi ek.**

MARVEL AT THOR'S THUNDERINGS

This drink, I like it! ANOTHER!
- **Líkar mér drykkr þessi! ANNAN!**

By Odin's beard, you shall not cut my hair, lest you feel the wrath of the mighty Thor!
- **Vit skegg Óðins, eigi skaltú hadd minn skerða, ellegar mun þú til reiði Þórs finna!**

Do I look to be in a gaming mood?
- **Sýnisk þér ek vera í skapi til leika?**

You should know that when you betray me, I will kill you.
- **Vita muntu, at ef þú mik svíkr mun ek þik drepa.**

Fortunately, I am mighty!
- **Blessunarliga, em ek sterkr!**

I choose to run towards my problems, and not away from them. Because that's what heroes do.
- **Kýs ek heldr, at vandi minn renni undan mér, en ek undan honum. Það er háttr hetja.**

Thank you, sweet rabbit.
- **Færi ek yðr þakkir, væna kanína.**

You people are so petty. And tiny.
- **Menn yðar eru smáskítlegir miǫk. Ok smáir.**

He's a friend from work!
- **Es hann vinr minn af alþingi!**

I notice you've copied my beard.
- **Ek sé, at vér hǫfum nú it sama skegg.**

He is just the latest in a long line of bastards, and he will be the latest to feel my vengeance. Fate wills it so.
- **Es eigi nema enn hinsti af miklum ættboga bastharða, es ek hefi brytjat. Sá es þeira skapadómr.**

Let's kill him properly this time.
- **Drepum hann rækiliga í þetta sinn.**

THE FLYTING OF LOKI

Born to be a king, I ask one thing in return: a front seat to watch Earth burn.
- **Konungr em ek fæddr ok bið einna launa: ǫndvegissæti es Surtr brennir heim allan.**

I am the monster parents tell their children about at night.
- **Ek em skrímsl þat, es foreldrar kveða um til barna sinna á kvǫldin.**

I am burdened with glorious purpose.
- **Ek em klyfjaðr miklum tilgangi.**

If it's all the same to you, I'll have that drink now.
- **Ef eigi þér þat mislíkar mun ek nú þiggja drykk þann, es áðr þú bauðsk mér.**

Now, if you'll excuse me, I have to destroy Jotunheim.
- **Má ek hafa mig á brott. Mér es nauðsyn á at leggja Jǫtunheim í eyði.**

I assure you, brother, the sun will shine on us again.
- **Fullvissa ek þig, bróðir, at sól mun skína á oss at nýju.**

You will never be a god.
- **Munt þú aldri guð verða.**

Are you ever **not** going to fall for that?
- **Mun þú ætíð láta af þessu ginnask?**

Hitting doesn't solve everything.
- **Eigi leysir þat vanda hvern at berja trǫll.**

An ant has no quarrel with a boot.
- **Maurr á ekkert sǫkótt vit stigvél.**

This is my bargain, you mewling quim!
- **Þér hrínandi kvenskǫp, þetta es kaup mitt!**

OLD NORSE IS THE NEW SOCIAL

Did you see my heroic pose on Instagram?
- **Sáu þér hetjubragð mitt á Instagram?**

I keep my best tattoos for Tinder.
- **Mín fegrstu húðflúr geymi ek fyrir Tinder.**

My Facebook post got 500 Likes.
- **Fimm hundruð manna gerðu róm at máli mínu á Fésbók.**

Did you see that Freyja's cats have gone viral on YouTube again?
- **Eigi veit ek hvárt fregnt hefr þú, at miklar dylgjur eru með mǫnnum á YouTube vegna kǫttu Freyju?**

I'll just Google it.
- **Gúgla mun ek þessa.**

I think you just spear butt-dialed me.
- **Mun geirr þinn valda símtali þessu.**

You're slaying that dress.
- **Springa mun hverr maðr ór ást, es þú kjól þessum klæðisk.**

You've won the internet.
- **Sigrat hefr þú alnetit.**

Beware of trolls.
- **Varisk trǫllin.**

And...block.
- **Ok ... eigi mun þér boðit verða at veizlu minni.**

STAYING CONNECTED WHEN GOING VIKING

What is the password for the Wifi in this mead hall?
- **Hver mun lykill vera at netinu í eldaskála þessum?**

I can't call Svein. I only have one bar.
- **Kannkat í Svein hringja. Ek hefi nær tóma rafhlǫðu.**

It's a dragonship. You can't just turn it off and turn it on again.
- **Sjá, dreki es skip þetta, es óhǫgum tjóir eigi einfaldliga at loka ok lúka upp aptr.**

Can you hear me now?
- **Heyrið þér enn, eða hvat?**

It's gone straight to voicemail.
- **Mun þat lent hafa í talhirzlu minni.**

Do you have an iPhone 7 charger?
- **Eigu þér hlezlugand fyrir iPhone 7?**

I've enabled Bluetooth.
- **Opnat hefi ek fyrir Blátǫnn.**

My device is now discoverable as Harald's iPhone.
- **Fundit getur þú síma minn undir heitinu iPhone Haraldar.**

Text me the details.
- **Send þú mér bréf með upplýsingum þessum.**

#SOUNDSBETTERINOLDNORSE

#MondayMotivation
- **#MánudagsMæða**

#TravelTuesday
- **#TísdagsTǫltit**

#WednesdayWisdom
- **#ÓðinsdagsAndakt**

#ThrowbackThursday
- **#ÞórsdagsÞrautin**

#FollowFriday
- **#FylgjendaFrjádagr**

#SaturdayStyle
- **#LaugardagsLetin**

#SelfieSunday
- **#SjálfuSunnudagr**

21ˢᵀ CENTURY VIKING

Never judge an app by its icon.
- **Dæm eigi appit af útliti þess.**

Close, but no Wi-fi.
- **Ærit gott es, ok munu margir þess gjalda. En hitt veik ek eigi, hví þráðlaust net skortir.**

A file on your device is worth two in the cloud.
- **Skjal á vél þinni es virði tveggja á ódáinsakrinum.**

Like my page and I'll like yours.
- **Lofa þú síðu mína, ok lofa mun ek þína.**

People who live in small apartments shouldn't throw parties.
- **Kotungar skyldu eigi halda veizlur.**

Hell hath no fury like a troll scorned.
- **Eigi finnst slíkr ofsi í helju sem hjá styggðu trǫlli.**

Give source links where source links are due.
- **Veit þú frumtengla þar sem frumtengla es þǫrf.**

Seeing on Facebook is believing.
- **Því munu menn trúa, es sét hafa á Fésbók.**

Privacy is the best policy.
- **Friðhelgi es en bezta stefna í málum ǫllum.**

The best things in life are ad supported.
- **Enir beztu hlutir í verǫldu allri eru sponsaðir.**

The early adopter catches the bugs.
- **Bráðgert skáld kemsk hjá því at yrkja nykrat.**

A good cell signal is hard to find.
- **Mjǫk er um tregt, samband at finna.**

Headphones are golden.
- **Heyrnartól eru gulls ígildi.**

Google wasn't built in a day.
- **Eigi vas Google skapat á einum degi.**

Make art, not memes.
- **Gør list, þol ei jarm.**

Photoshop makes perfect.
- **Mun allt fullkomnat met Fótósjopp.**

Okay, Boomer.
- **Tekur þú nú at eldask fast ok gørisk þú illr ok æfr vit ellina ok mjǫk ójafnaðarfullr.**[3]

---

[3] In Old Norse literature, the elderly are quite often intense assholes. This line is in reference to Þórólfr bægifótr of **Eyrbyggja saga**, who is incredibly annoying while living and even haunts the countryside after his death. When his revenant (**aptrganga**) is quelled with the burning of his corpse, his ashes wind up being licked up by a cow, which then gives birth to a calf possessed by Þórólfr's spirit. So, yeah, that guy was just absolutely **the worst!**

KENNINGS FOR ALL OCCASIONS

FOMO
- **ÓVA (ótti vit afglǫp)**

Emoji
- **Broshalir**

OMG
- **GMG (guð minn góðr)**

TikTok Moment
- **TikTok tilefni**

Woke
- **Réttsýnn**

Salty
- **Uppivǫzlusamr**

Low Key
- **Hógværr**

WTF
- **IÞM (illt þykkir mér)**

Bromance
- **Frændsemi**

Throwing Shade
- **Flimta**

· CHAPTER 4 ·

OLD NORSE FOR THE BIG OCCASION

• • •

LET'S CELEBRATE!

Happy birthday to you!
- Til hamingju met afmælit!

Happy birthday dear...
- Til hamingju met afmælit, kæri/kæra...

...Father
- ...Faðir

...Mother
- ...Móðir

...Daughter
- ...Dóttir

...Son
- ...Sonr

...Wife
- ...Kona mín

...Husband
- ...Maðr minn

...Brother
- ...Bróðir

...Sister
- ...Systir

You're **how** old?!
- Mjǫk þykkir mér þú aldraðr orðinn?

Did you make the cake yourself?
- Hefr þú sjálfr þessa kǫku bakat?

Uncle Eirikr has drunk too much.
- Fǫðrbróðir minn, Eiríkr, hefr drukkit of mikit.

I see you have filed your teeth for the occasion.
- Sé ek at þú hefr slípat tenn þínar at tilefni þessu.

Merry Christmas!
- Gleðileg jól!

Did you know Santa Claus is a Christian rip-off of Odin?
- Vissu þér, at jólasveinninn es kristiligt falsguð í Óðins stað?

In my mythology, elves are as black as pitch and they make all the best stuff.
- **Í vorri goðafræði ero álfar svartir sem bik ok allra best hagir.**

Socks...again.
- **Sokkar ... aptr.**

Happy Easter!
- **Gleðilega páska!**

What do you mean the Easter bunny isn't real either?
- **Ósvinnu mælir þú, at páskahérinn sé hugarburðr einn?**

Congratulations on your graduation!
- **Lukka fylgi þér á þessum útskriftardegi!**

What a great party!
- **Vel þykkir mér veitt í veizlu þessari!**

It's my silver wedding anniversary. Well, technically it is the monk's silver but we are still celebrating.
- **Vér eigum silfurbrullaup. At vísu er þat silfr munksins, en fǫgnum vér eigi at síðr.**

AT THE GAMING TABLE

I am...
- **Ek em...**

...an Elf
- **...Álfr**

...a Dwarf
- **...Dvergr**

...a Half-Orc
- **...Hálforkr**

...a Halfling
- **...Hálffætlingr**

...a Human
- **...Maðr**

...a Fighter
- **...Vígamaðr**

...a Wizard
- **...Seiðskratti**

...a Rogue
- **...Skógarmaðr**

...a Cleric
- **...Prestr**

...a Bard
- **...Skáld**

I am a big fan of Dungeons. Oh, and Dragons too.
- **Mjǫk em ek gefinn fyrir dýflissr. Ó, ok dreka einnig.**

I am a Berserker! Feel my rage!
- **Ek em berserkr! Finna munt þú til reiði minnar!**

You shall not pass!
- **Eigi skal hjá ganga!**

Did you know Tolkien founded the Viking Club?
- **Vissu þér, at Tolkien setti Víkingafélagit?**

You may call me Dungeon Master.
- **Kalla máttu mik dýflissudróttin.**

Roll a d20!
- **Kasta þú tveggja tigu teningi!**

Roll for initiative!
- **Kasta þú fyrir frumkvæði!**

Make a ... saving throw!
- **Gǫr þú ... bjargvarp!**

...Strength...
- **...styrktar...**

...Dexterity...
- **...lipurðar...**

...Constitution...
- **...hǫrku...**

...Charisma...
- **...persónutǫfra...**

...Wisdom...
- **...vísdóms...**

...Intelligence...
- **...greindar...**

You do **what?!**
- **Gørir þú hvat?!**

Are you sure!?
- **Ertu viss!?**

Total Party Kill.
- **Fellu þar menn allir.**

I died in the Tomb of Annihilation.
- **Fell ek í haugi dauðans.**

Rime of the Frost Maiden.
- **Hrímmeyjar rímr.**

THE VIKING VIDEO GAMER

Welcome to my man cave.
- **Ver þú velkominn í mannabústað vorn.**

Jumpscare.
- **Brá mǫnnum mjǫk vit þetta.**

Ragequit.
- **Gekk hann reiðr frá knattleik.**

Headshot.
- **Fló ǫr í hǫfut.**

Game over Player One.
- **Mun nú ævi þín ǫll, vígamaðr enn mesti.**

Meatshield
- **Kjǫtskjǫldr**

Tank
- **Skriðdreki**

Nerf
- **Spilla**

Buff
- **Efla**

N00b
- **F1Fl**

AFK
- **FFS (fjarri fjaðrstaf)**

I have been playing Fortnite for two weeks straight.
- **Leikit hefik Fortnite tvær vikr heilar.**

I prefer Minecraft.
- **Greptraríþrótt líkar mér betr.**

Have you played Total War Sagas: Thrones of Britannia?
- **Hefr þú spilat Alstyrjaldarsǫgr: Bretlandskrúnr?**

Skyrim made me what I am today.
- **Skyrim gørði mik at þeim manni, sem ek em nú.**

I used to be an adventurer like you, then I took an arrow to the knee.
- **Vas ek víkingr sem þú, áðr ek fekk ǫr í knéð.**

Kill well... and often.
- **Drep vel... ok opt.**

I spent 300 hours playing Crusader Kings: The Old Gods.
- **Dvalði ek þrjú hundruði stunda vit leik í Jórsalakonungum: Enum ǫldnu guðum.**

I was the original God of War you know.
- **Vittu, at ek var it fyrsta stríðsguð.**

I don't think Assassin's Creed: Valhalla is historically accurate.
- **Eigi hygg ek, at Launvegandaeiðr: Valhǫll sé leikr sannfróðr.**

AT THE PLAYING FIELD

Greatest of All Time (GOAT).
* **It besta í verǫldu allri.**

Don't you just love these seats?
* **Hvursu líka þér sæti þessi?**

Toga hönk should be an Olympic Sport.
* **At toga hǫnk ætti at vera ólympíuíþrótt.**

I don't play chess, I prefer hnefatafl.
* **Eigi líkar mér manntafl, hnefatafl es mér meir at skapi.**

That's just not Knattleikr.
* **Eigi es þetta réttr knattleikr.**

Penalty!
* **Víti!**

The Referee must be as blind as Höðr!
* **Dómarinn mun svá blindr vera sem Höðr!**

You'll Never Walk Alone.
* **Þú munt aldri einsamall ganga.**

You only sing when you're winning.
* **Þú kveðr aðeins, es sérð þú til sigrs.**

Come on you Spurs!
* **Fram til sigrs, Sporar!**

Swing Low, Sweet Chariot.
- ◆ Þat mælti mín móðir, at mér skyldi kaupa fley ok fagrar árar, fara á brott með víkingum...[4]

How about them...
- ◆ **Hvursu líka þér...**

Let's Go...
- ◆ **Fram...**

...Raiders
- ◆ **...Víkingar**

...Eagles
- ◆ **...Ernir**

...Giants
- ◆ **...Risar**

...Rams
- ◆ **...Hrútar**

...Chiefs
- ◆ **...Hǫfðingjar**

...Patriots
- ◆ **...Lendir menn**

...Sea Hawks
- ◆ **...Margýgjar**

---

[4] As a young man, Egill Skalla-Grímsson daydreams about his mother's misplaced compliment to him — he's grown up, should command his own warship, and sail off with vikings. To him, a ship is as sweet a transport as there exists, a medieval lowrider if you will.

MUSIC TO SOOTHE THE SAVAGE BREAST

Sound the Gjallarhorn!
- **Blás þú í Gjallarhorn!**

I am thinking of taking lute lessons.
- **Ek hefi hugsat mér, at nema lútuspil.**

I heard that Elvis is still alive.
- **Heyrt hefi ek, at Alvíss lifi.**

Amon Amarth is not Viking metal. The band prefers the term melodic death metal.
- **Amon Amarth spila eigi mýrarrauða. Þeir segja þat kallisk hljómfagr dauðamálmr.**

Have you heard Slash's guitar solo in "November Rain"?
- **Hefr þú heyrt gítarkviðu Slash í "Nóvemberregni"?**

Come sail away with me!
- **Sigl þú brott með mér!**

When my ship comes in
- **Er skip mitt siglir til hafnar**

We come from the land of the ice and snow
From the midnight sun where the hot springs flow
- **Vér komum ór landi íss ok snævarr
Undan miðnætur sól þar sem hverir vella**

Another one bites the dust
- **Stóð hann vel til hǫggsins**

We will rock you!
- **Sigra munu vér knattleik þenna!**

We are the champions my friends
And we'll keep on fighting to the end
  ✦ **Vér erum sigrvegarar, vinir mínir,**
  Ok vér munum berjask allt til loka

There's a lady who's sure
All that glitters is gold
And she's buying a stairway to Heaven
  ✦ **Kona ein heldr sik vita**
  At allt sem glóir sé gull
  Ok hon kaupir sér stiga til himna

Let's dance
  ✦ **Dǫnsum**

It's only rock and roll, but I like it
  ✦ **Es þat ekki nema vagg ok velta, en mér líkar þat**

If I hear Ride of the Valkyries one more time, I am going to go berserk.
  ✦ **Ef heyri ek Valkyrjureiðina enn aptr, verð ek trylldr.**

· CHAPTER 5 ·

OLD NORSE FOR OLD SOLDIERS

• • •

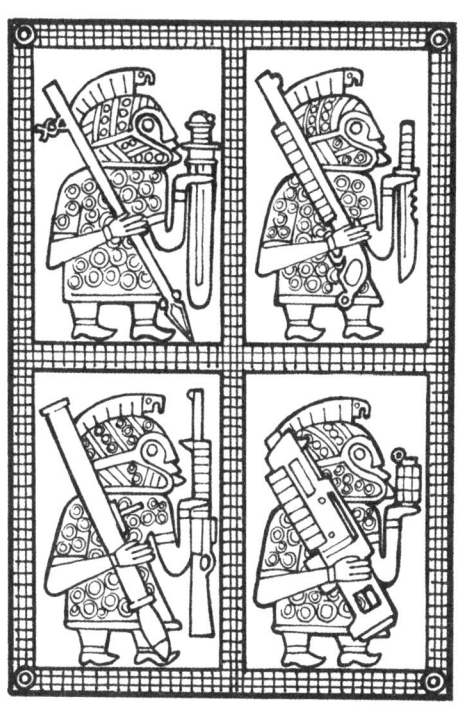

MODERN DAY WARRIORS

You and who's army?
- **Þér, ok herr hver?**

Balls to the wall
- **Hreðjar at vegg**

Bite the bullet
- **Bíta í ǫrina**

Bought the farm
- **Keypti bæ þann**

Caught a lot of flak
- **Varð fyrir skæðadrífu**

Got your six
- **Berr mundirðu at baki án mín, bróðir**

In the trenches
- **Í skotvirki**

Nuclear option
- **Surtarbragð**

On the double
- **Nú þegar**

Roger that
- **Þat mun ek ok svá gǫra**

Screw the pooch
- **Sarð hund þenna**

Who dares, wins. Who sweats, wins. Who plans, wins.
- Sá, es dugar, sigrar. Sá, es svitnar, sigrar. Sá, es ráð bruggar, sigrar.

Lead me, follow me, or get the hell out of my way.
- Leið þú, eðr fylgðu mér, trǫll þik hirði at ǫðrom kosti.

No guts, no glory.
- Ólífs es iðralauss maðr.

HISTORY IS WRITTEN BY THE VIKINGS

Whoever said the pen is mightier than the sword obviously never encountered automatic weapons.
- **Sá, es mælti, at penninn væri sverðinu ǫflgri, mun aldri sét hafa sjálfvirk vápn.**

Only the dead have seen the end of war.
- **Aðeins enir fǫllno muno sét hafa lyktir stríðsins.**

If I charge, follow me. If I retreat, kill me. If I die, revenge me.
- **Fylgit mér, ef ræðsk ek til atlǫgo. Drepit mik, ef hǫrfa ek. Hefnit mín, ef ek fell.**

We shall defend our island, whatever the cost may be, we shall fight on the beaches, we shall fight on the landing grounds, we shall fight in the fields and in the streets, we shall fight in the hills; we shall never surrender.
- **Muno vér veria land várt, hvat sem þat kostar. Muno vér beriask á strǫndu. Muno vér beriask í vǫrum. Muno vér beriask á ǫkrom ok strætom, muno vér beriask í leitom; vér muno aldrei upp gefask.**

I came, I saw, I conquered.
- **Kom ek, sá ek, sigraða ek.**

If I have seen further, it is because I stand on the shoulders of giants.
- **Hafi ek sét lengra, es þat sakar þess, at ek stend á herðum jǫtna.**

Now I am become Death, the destroyer of worlds.
- **Ek em orðinn Surtr, tortímandi heima.**

TROLL HUNTING FOR BEGINNERS

My, what big teeth you have...
- **Miǫk eru tennr þínar stórar...**

Is there any chance you are vegetarian?
- **Kann svá vera, at séu þér grænkeri?**

Don't disrespect me, stupid troll!
- **Hæddu mik eigi, heimska trǫll!**

Look over there!
- **Sjá, þar!**

Dawn at last.
- **Loksins dagrenning.**

You'll look good next to a water feature in my garden.
- **Mun þér sæmilega fara næst fíflinu, es bundit er í garði mínum.**

MY BLOOD TYPE IS VIKING

Rally to the Raven Banner!
- **Safnisk saman undir merki hrafnsins!**

For King and Country!
- **Fyrir konung ok ríki!**

Your Empire Needs You!
- **Karlamagnúss þarfnask þín!**

Read my lips.
- **Nem þú af vǫrum mínum.**

Speak useful words or be silent.
- **Mæl þarft eðr þegi.**

My body is my runestone, and my tattoos tell my story.
- **Líkam minn es minn bautasteinn ok húðflúrin segja sǫgu mína.**

Keep calm and shield wall!
- **Ver þú rór ok ver múrinn!**

You will respect my authority!
- **Virða munt þú ríki vald mitt!**

The ravens will have you!
- **Hrafnar hafi þik!**

The crows will have you!
- **Krákr hafi þik!**

I will slay you like a pig!
- **Svá brytjum vér grísuna, Grundarmenn!**

You fight like a little bitch!
- **Þú bersk sem tík!**

May Hel take you!
- **Hel taki þik!**

F*ck off!
- **Es þér ok nær at stanga ór tǫnnum þér rassgarnarendann merarinnar, es þú ást áðr en þú ríðir til þings ok sá smalamaðr þinn ok undraðisk hann es þú gerðir slíka fúlmennsku.**[5]

P*ss off!
- **Trǫll hafi þik!**

Bastard!
- **Fúlmenni!**

Fool!
- **Fífl!**

I pity the fool!
- **Kenni ek í briósti um fífl þetta!**

Stupid Saxon!
- **Saxafífl!**

Ugly Saxon!
- **Ljóti Saxi!**

Dirty Saxon bastard!
- **Sóðalegi Saxabastarðr!**

Stupid Viking!
- **Heimski víkingr!**

Ugly Viking!
- **Ljóti víkingr!**

---

[5] This is a direct quote from **Brennu-Njáls saga**. In this scene one of the saga's protagonists, Skarphéðinn tells a famous hero, Þorkell hákr, to f*ck off. Never in Old Norse literature has anyone been told to copulate so intricately.

Dirty Viking bastard!
- **Sóðalegi víkingabastarðr!**

Stupid bastard!
- **Heimski bastarðr!**

He's adopted.
- **Es hann eigi vor réttborinn sonr.**

Keep your friends close and your enemies a little bit further away.
- **Geym vini þína nærri, ok óvini þína ǫrlítit lengra frá.**

THE VIKING ARSENAL

Sword
* **Sverð**

Sword / Swords (alternative)
* **Hjǫrr / Hjǫrvar**

Sword blade
* **Brandr**

Scabbard
* **Skálpr**

Axe / Axes
* **Øx / Øxar**

Hand-axe
* **Handøx**

Dane Axe
* **Langøx**

Seax
* **Sax**

Spear / Spears
* **Geirr / Geirar**

Spear / Spears (alternative)
* **Spjót**

Long spear
* **Langskepta**

Short spear or Javelin
* **Snarspjót**

Bow / Bows
- **Bogi / Bogar**

Long bow
- **Langbogi**

Yew bow
- **Ýbogi**

Ash bow
- **Askbogi**

Elm bow
- **Álmbogi**

Arrow / Arrows
- **Ǫr / Ǫrvar**

Shield / Shields
- **Skjǫldr / Skildir**

Helmet / Helmets
- **Hjálmr / Hjálmar**

My sword is yours!
- **Sverð mitt es þitt!**

My axe
- **Øx mín**

My sax
- **Sax mitt**

Your shield
- **Skjǫldr þinn**

Your bow
- **Bogi þinn**

Your short spear
- **Snarspjót þitt**

Where is my helmet?
- **Hvar es hjálmr minn?**

Grab a shield! (to one person)
- **Tak þú skjǫld!**

Grab spears! (to many people)
- **Takið þér spjót!**

Ready? (to one male)
- **Ert þú búinn?**

Ready? (to a group of males)
- **Búnir?**

Are you ready? (to a group of both sexes)
- **Eruð þér búin?**

Yes!
- **Já!**

Kill him!
- **Veg hann!**

Die!
- **Dey!**

ALL HAIL OUR CORPORATE OVERLORDS!

Impossible is Nothing
♦ **Ómöguligt es ekkert**

Don't leave home without it
♦ **Far eigi í víking án þess**

Think Different
♦ **Hugsa þú á annan veg**

The Ultimate Driving Machine
♦ **En mesta gandreiðarvél**

What's in your wallet?
♦ **Hvat es í sjóði þínum?**

Open Happiness
♦ **Opin hamingja**

A Diamond is Forever
♦ **Demantr es eigi forgengiligr**

The Happiest Place on Earth
♦ **Gleðiríkasti staðr Miðgarðs**

Don't be evil.
♦ **Ves eigi illr.**

Finger lickin' good.
♦ **Svá gott, at sleikja mundi af fingrunum.**

The Relentless Pursuit of Perfection
♦ **En aflátslausa leit at fullkomnun**

Because You're Worth It.
♦ **Því þú ert þess verðr.**

Melts in your mouth, not in your hands.
 • **Bráðnar í munni þér, en eigi í hǫndom.**

I'm lovin' it
 • **Ek em elskandisk þat**

The choice of a new generation.
 • **Val nýrrar kynslóðar.**

Snap! Crackle! Pop!
 • **Brak! Brestr! Ljóst!**

Taste the rainbow.
 • **Bragða þú Bifrǫst.**

Obey Your Thirst
 • **Hlýð þú þorsta yðar**

Can you hear me now?
 • **Heyrit þér í mér nú?**

Where's the Beef?
 • **Hvar es ketit?**

Breakfast of Champions
 • **Morginmál meistara**

VIKING ECONOMICS

She is from the marketing department.
  ✦ **Es hon ór markaðsbúðinni.**

It's a hostile takeover.
  ✦ **Es þetta vígbúin yfirtaka.**

The Chief Executive Officer just got burned!
  ✦ **Forstjórinn vas brenndr!**

I'm just thinking out loud.
  ✦ **Ek hefi hugsat upphátt.**

Now this isn't carved in stone.
  ✦ **Eigi es þetta rist í stein.**

This is all blue sky.
  ✦ **Es þetta allt skýjaglópaháttr.**

This is a win-win scenario.
  ✦ **Víst munum vér sigr hafa.**

Back to square one.
  ✦ **Aptr í Ginnungagapit.**

That's the deal, take it or leave it.
  ✦ **Sáttmálinn er sjá, sel þú eðr skalt hundr heita.**

You win some, you lose some.
  ✦ **Vogun vinnr, vogun tapar.**

You hit the nail on the head.
  ✦ **Kom hǫgg yðar á hann miðjan svá tók í sundr fyrir neðan bringspelr.**

I take my helmet off to you.
  ✦ **Tek ek hjálm minn ofan fyrir þér.**

Good job!
- **Vel es verk þetta af hendi unnit!**

The ball is in your court.
- **Knǫttrinn liggr í yðar ranni.**

It ain't over till the fat lady sings.
- **Eigi es kvæðinu lokit, uns en gilda kona hefir þat fullflutt.**

Close, but no cigar.
- **Vel var kvæðit flutt, en ekkert færðu at launum.**

There is no such thing as a free feast.
- **Eigi es nǫkkut slíkt til sem kostnaðarlaus veisla.**

Step into my office.
- **Stíg inn í baðstofu mína.**

Have your people talk to my people.
- **Lát menn þína tala vit menn mína.**

Read 'em and weep.
- **Gráta munt þú, er nú lítr þú á taflit.**

GETTING AWAY FROM IT ALL

I'm going on a Viking excursion!
- Ek held í víking!

On my last trip, I discovered a new continent.
- Í síðustu ferð minni fann ek ókǫnnut lǫnd.

I need a six month vacation, twice a year.
- Ek þarfnask sex mánaða orlofs, tvisvar á ári.

Having a wonderful time, wish you were here.
- Hér ero fagrar hlíðar ok bleikir akrar, vilda ek at værir þú hér, ok færir hvergi.

My towel says, "I got to the pool before the Saxons".
- Á handklæði mitt es letrat, at ek hafi til laugar komisk á undan Sǫxom.

I'm not camping with those heathens.
- Eigi byggi ek eina búð með heiðingjum þessum.

When in Vinland, watch out for one-legged Skraeling.
- Gæt þín á enum einfætta skrælingja þegar er þú ert til Vínlands kominn.

Jet lag is for amateurs.
- Skipaþreyta er skræfu merki.

Warning! For security purposes, please keep all axes with you at all times.
- Varúð! Fyrir sakar ǫryggis, vinsamliga gætit axa ykkar ǫllom stundum.

We are now ready for boarding.
- Vér erom nú búin að hleypa um borð.

Flight attendants, prepare gunwales for departure and cross check.
- **Sjáliðar, búið byrðinga fyrir siglingu ok gætit at.**

Man overboard!
- **Maðr fyrir borð!**

I just rowed in from Norway, and boy are my arms Thor.
- **Ek hefi hingat róið frá Nóregi ok handleggir mínir ero þrútnir sem Þórs.**

· CHAPTER 7 ·

OLD NORSE FOR SKALDS

• • •

WHAT'S IN A NAME?

All that glitters is not gold
 ♦ **Eigi es at gullt, es glóir**

Hell is empty
And all the devils are here.
 ♦ **Tómt mun í helvíti
 Ok djǫflar allir eru hingat komnir.**

By the pricking of my thumbs,
Something wicked this way comes.
 ♦ **Svá mun sem mér sýnisk,
 Illir andar ero hér á sveimi.**

The lady doth protest too much, methinks.
 ♦ **Ekki lætr Hallgerðr verða ellidauða húskarla vára.**

These violent delights have violent ends
 ♦ **Ǫllu gamni fylgir nǫkkut ofbeldi**

Something is rotten in the state of Denmark.
 ♦ **Eigi mun allt dælt í Danmǫrku.**

Now is the winter of our discontent
 ♦ **Nú es vetr rauna várra**

If music be the food of love, play on
 ♦ **Ef kvæði eru skyr ástarinnar, kveð þú enn**

To be or not to be - that is the question
 ♦ **At vera, eðr eigi vera - þat es vafinn**

Fair is foul, and foul is fair:
Hover through the fog and filthy air.

♦ **Lǫg ero ólǫg, ok ólǫg lǫg:
It sanna sézk í fúlum ranni.**

Cowards die many times before their deaths;
The valiant never taste of death but once.

♦ **Skræfr deyja opt fyrir dauðann;
Aðeins eitt sinn mæta enir vǫsku sínum skapadómi.**

PHRASES THAT THE VIKINGS DIDN'T INVENT BUT SHOULD HAVE

Missed the boat.
- **Missa festarmeyjarinnar.**

Once bitten, twice shy.
- **Brennt goð forðask eldinn.**

No pain, no gain.
- **Engi verðr óbarinn berserkr.**

Pull his leg
- **Glepja í Gleipni.**

We'll cross that bridge when we come to it.
- **Brenna munu vér Njál þann es þar at kømr.**

Actions speak louder than words.
- **Betr syngr atgeirr en orð ein.**

Add insult to injury.
- **Hnýta helskó á myrðan mann.**

Bite off more than you can chew.
- **Hǫggva í sama knérunn.**

Break the ice.
- **Brjóta ísinn.**

By the skin of your teeth.
- **Met mjóm mun.**

Costs an arm and a leg.
- **Dýrr mundi Hafliði allr.**

Kill two birds with one stone.
- **Drepa tvær skinnkyrtlr met ǫr einni.**

Look before you leap.
- **Gáttir allar áþr gangi fram, um skoðask skyli.**

On thin ice.
- **Í bóli bjarnar.**

Put on ice.
- **Dylgja mikit um vetrinn.**

There are other fish in the sea.
- **Fleiri ero jǫrmungandar í umsjá þessum.**

There's a method to his madness.
- **Undarlig eru ráð hans, en hlýta skulum.**

Throw caution to the wind.
- **Hlýta eigi fortǫlum.**

You can't judge a book by its cover.
- **Es þat vit trǫll at eiga en eigi mann.**

A little learning is a dangerous thing.
- **Ósnotr maðr hyggr sér alla vera viðhlæjendr vini.**

Snowball effect.
- **Húskarlatafl.**

A snowball's chance in hell.
- **Sem munkr meðal víkinga.**

A storm in a teacup.
- **Stormr í drykkjarhorni.**

Bolt from the blue.
- **Selshǫfut ór eldgrófinni.**

Burn bridges.
- **Brenna brýr.**

Calm before the storm.
- **Sættirnar á undan vígunum.**

As right as rain.
- **Sem nýhent barn á spjótum.**

Get a second wind.
- **Vaxa ásmegin.**

Get wind of something.
- **Spyrja frýjur einhvers.**

Go down in flames.
- **Brenna sem Þórissynir.**

Weather the storm.
- **Sigra gegn ofrefli.**

Curiosity killed the cat.
- **Brjóta hafrslegg til mergjar.**

Don't beat a dead horse.
- **Sífellt flá þá Kengálu.**

Every dog has his day.
- **Rísa mun kolbítr hverr ór eldaskála.**

Fortune favours the bold.
- **Ei komask sóttdauðir til Valhallar.**

He who laughs last, laughs loudest.
- **Sá hlær bezk, es síðask hlær.**

It is always darkest before the dawn.
- **Dimmusk es nóttin fyrir aptreldingu.**

Know which way the wind is blowing.
- **At lesa þingit rétt.**

Leave no stone unturned.
- **Leita í greni hverju.**

Let sleeping dogs lie.
- **Láta af sæmdarvígum.**

Out of the frying pan and into the fire.
- **Af alþingi í húsbrennu.**

Run like the wind.
- **Hlaupa sem Skarpheðinn meðal hǫfutísa.**

Shape up or ship out.
- **Þykkir þér betra, at klappa um kviðinn á konu Bárðar stýrimanns en at gera skyldu þína á skipi, ok es slíkt óþolanda**[6]

Snowed under
- **Hlaðinn kǫldum verkum ok karlmannligum**

That ship has sailed.
- **Veginn es bóndinn, freyjan fíflut.**

---

[6] Grettir Ásmundarson the Strong absolutely **sucks** at being a sailor. He just doesn't care for working **for the man**.
This annoys the everloving crap out of his mates who start screaming obscenities at him, including this one: suffice it to say, he seems more interested in the captain's wife than tending to his chores on board.

WISDOM OF THE NORTH

Too clean has no taste.
- **Eigi es bragð at ókæstu.**

A bad rower blames the oar.
- **Árinni kennir illr ræðari.**

Only dead fish follow the stream.
- **Aðeins dauðir fiskar fylgja árstraumi.**

A boatless man is tied to the land.
- **Ráðlauss es bátlauss maðr.**

Bare is the back of a brotherless man.
- **Ber es hver at baki, nema sér bróðr eigi.**

Merely book makes none wise.
- **Bókvitit verðr eigi í askana látit.**

A fair wind at our back is best.
- **Byrr es bestr at baki.**

A burnt child keeps away from fire.
- **Brennt barn forðask eldinn.**

Barking dogs seldom bite.
- **Hátt geltir ragr rakki.**

There is no bad weather, only bad clothing.
- **Klæðask skal hverr eptir veðri.**

What is hidden in snow, is revealed at thaw.
- **Þat sem hylsk es snjóa festir, finnsk es snjóa leysir.**

You have to learn to crawl before you can walk.
- **Læra þarf hverr at skríða fyrr en at ganga.**

One should listen when an old dog barks.
+ **Gætask skal, es geltir gamall rakki.**

Old love does not corrode.
+ **Lengi lifir í gǫmlum glæðum.**

The later in the evening, the more beautiful the people.
+ **Svá fríkkar fólk svá lengr es setit er at sumbli.**

You will reach your destination even though you travel slowly.
+ **Leið hver styttisk met hverju skrefi.**

If you cannot bite, never show your teeth.
+ **Bitlauss es tannlaus gómr.**

One must howl with the wolves one is among.
+ **Haga þarf segli eptir vindum.**

There seldom is a single wave.
+ **Sjaldan er ein báran stǫk.**

Time runs like the river current.
+ **Tíminn es eins ok vatnit.**

· CHAPTER 8 ·

PREPARING FOR RAGNAROK

• • •

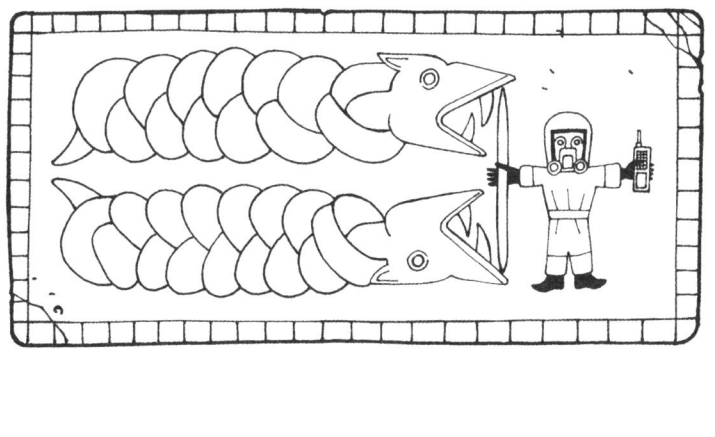

IT'S THE END OF THE WORLD
AS WE KNOW IT

This is the way the world ends
Not with a bang but a whimper.
- Svá fersk verǫld ǫll
Ekki í ragnarǫkum heldr sulti.

Thank you for not smoking.
- Haf þǫkk fyrir, at reykja ekki.

I'm trying to reduce my carbon footprint.
- Reyni ek, at minnka kolefnisfótspor mitt.

Did they ever find any weapons of mass destruction?
- Fundusk nøkkru sinni þessir Múspellssynir?

Plant a tree, save Yggdrasil.
- Berg aski Yggdrasils, gróðurset tré.

The true meaning of life is to plant trees, under whose shade you do not expect to sit.
- Orðstír deyr aldregi hveim es sér góðan getr.

Climate change won't be all bad. I've heard a rising tide lifts all boats.
- Eigi munu ragnarǫk svá ill verða, es Surtr bræðir jǫkla alla. Hefi ek þat fyrir satt, at hækkandi sjǫ́varmál lyfti ǫllum skipum jafnt.

When the last glacier melts, I can retrieve that hoard Uncle Bjorn buried.
- Es síðasti jǫkullinn bráðnar, get ek loks nálgask silfr Bjǫrns fęðrbróðr míns.

It's hotter than Muspelheim today.
- Þat es heitara en Múspellsheimr í dag.

Loki has been gaslighting again.
- **Enn mun Loki gasljóstrat hafa.**

Live in the moment.
- **Lif þú í núinu.**

I'll be voting for the
- **Ek kýs...**

...Republicans
- **...Bagla**

...Democrats
- **... Birkibeina**

...Conservatives
- **...byskupa**

...Liberals
- **...bændr**

...Socialists
- **...ójafnaðarmenn**

...Anarchists
- **...berserki**

... Clowns
- **...fífl**

Here comes Fenrir!
- **Hér kømr Fenrir!**

Nothing is certain except for death and taxes.
- **Ekkert es víst nema feigðin ok skattheimtan.**

Wake me up when it is all over.
- **Vek þú mik, es allt þetta es yfirstaðit.**

Bring back the Danelaw, I say.
- **Þótti mér betri siðr þá es Danalǫg váru.**

LIFE UNDER QUARANTINE

Social distancing: please keep at least four ravens apart.
- **Firðafjarlægð: vinsamliga gætit at fjǫgurra hrafna bilinu.**

I told you I was ill.
- **Ek sagða þér at ek veikr væri.**

Wash your hands thoroughly.
- **Þvo þú hendr þínar vandliga.**

Don't touch your face.
- **Snert eigi andlit þitt.**

Did you disinfect the oars?
- **Hafit þér sótthreinsat árarnar?**

I was wearing a mask way back in the reign of Wuffa.
- **Ek hefi grímu borit síðan í tíð Wuffu.**

CALLING OUT FOR A HERO

Where is the Batman?
- **Hvar es Leðrblǫkumaðrinn?**

I have one power. I never give up.
- **Ek hefi þann mátt, at ek gefsk aldri upp.**

There is a superhero in all of us, we just need the courage to put on the cape.
- **Í okkr ǫllum býr ofrhetja, vér þurfum aðeins þat áræði, at klæðask mǫttlinum.**

It doesn't take X-Ray Vision to see you are up to no good.
- **Eigi þarf rǫntgensýn til at sjá, hver skúrkr þú ert.**

This looks like a job for Superman.
- **Mun verk þetta hæfa Ofrmenninu.**

Your friendly, neigbourhood Spiderman.
- **Ek em yðar vinsamligi nærsveitar kǫngrvofumaðr.**

With great power comes great responsibility.
- **Afli miklu fylgir ábyrgð mikil.**

Next Page: To achieve this modern projection, we used the Stelvision Sky Map, set for 1 December 2020 at 9.00pm (Oslo). Some of the labels are the Old Norse names for real constellations; the mythological additions are pure conjecture.

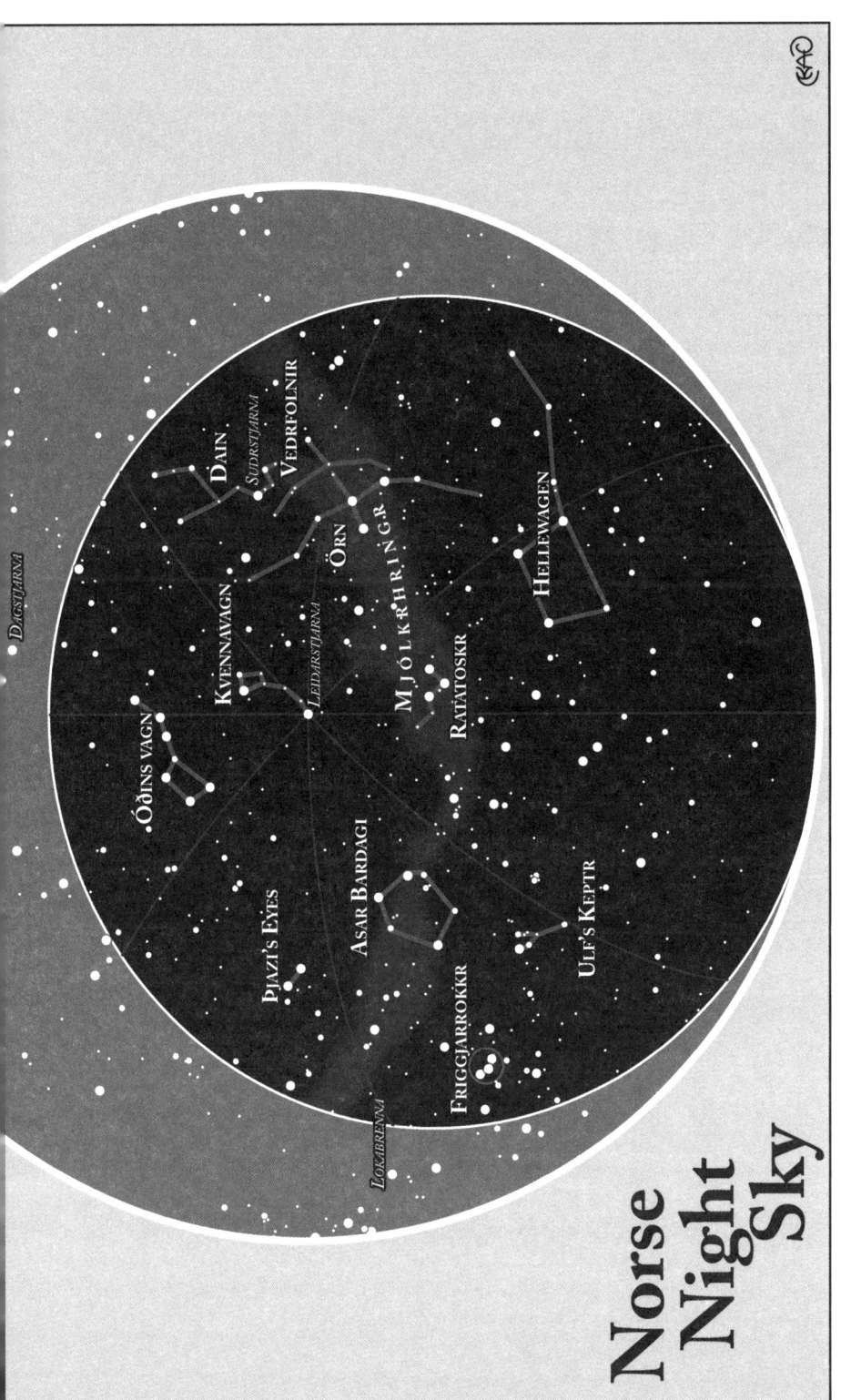

THE TRUTH IS OUT THERE

I don't believe in astrology. I am a Sagittarius, and we are skeptical.
- **Eigi trúa ek stjǫrnufrǿði þeiri, ek em bogmaðr ok vér erom engi auðtrúa flón.**

I'm a Virgo. I'm not yelling, I am explaining.
- **Ek em meyja ok æpi eigi, heldr útskýri.**

Leos don't need anger management; they just need people to stop pissing them off.
- **En óǫrgu dýr þurfa eigi at hafa hemil á reiði sinni. Betr væri, at fólk hætti at eggja þau til ófriðar.**

I'm a Gemini. That's my excuse.
- **Ek em tvíburi, ok es þat mín afsǫkun.**

Astrology reveals the will of the gods.
- **Stjǫrnufrǿði vísar oss vilja guðanna.**

We are stardust.
- **Erom vér stjǫrnudupt.**

Do you believe in little green men?
- **Trúit þér á smáa græna menn?**

Men Are from Mars, Women Are from Venus.
- **Menn ero frá Mars, en konr frá Venusi.**

I read it in the runes.
- **Las ek þat á rúnakefli mínu.**

I prefer my divination from entrails.
- **Trúi ek heldr á iðralestr.**

The gods don't play dice with the universe.
- **Guðin láta eigi kylfu ráða veraldar kasti.**

None outlive the night when the Norns have spoken.
- **Engi lifir nóttina ef nornir mæla.**

INTO THE VIKINGVERSE

If you like this book, tell your friends. If you don't, tell your enemies.
- **Ef líkar þér bók þessi, seg þú vinom þínom. Ef þér mislíkar, seg þú þínom óvinom.**

In the good old days, you'd have jumped off a cliff and saved me the trouble of flagging that review.
- **Í þá góðu tíð, er Hrafnistomenn váru uppi, hefðir þú gengit fyrir ætternisstapa ok sparat mér vandræði þessi.**

What goes around comes around.
- **Illt er þeim ætlat, er illt gørir.**

It's a god eat god world.
- **Þau tíðkask nú, Haðarvígin.**

Just a little bit of history repeating.
- **Eigi es þetta annat, en sagan at endurtaka sik.**

Hang on tightly, just to avoid being thrown to the wolves.
- **Haldit fast, svá þit endit eigi í úlfs kiapti.**

PHRASES CHOSEN BY OUR KICKSTARTER BACKERS

I'm a Kickstarter Backer.
- **Ek em liðveizlumaðr á Kickstarter.**

Which way to the Gates to Valhalla?
- **Hverja leið fer ek at hliðum Valhallar?**

Many shields, one family.
- **Margir skildir, ein fjǫlskylda.**

Stay the same, be better.
- **Eigi breytask, ver betri.**

Earn your respect at the end of your sword.
- **Vápnfimi ræðr virðing þinni.**

Friends, would you join me for a drink from the Punishment Horn?
- **Kom, vinir, ok drekk mér til samlætis ór Refsingarhorninu?**

Why does it always have to be snakes?
- **Því eru þat ætíð slǫngr?**

Remember, you too will die (Momento Mori).
- **Mundu, þú munt einnig deyja.**

Only in death does duty end.
- **Aðeins dauði skilr mann frá þjónustu sinni.**

When you grow up, your heart dies.
- **Hjartalauss es roskinn maðr.**

Good morning Sunshine, the Earth says hello.
- **Fagrt skínn morgunsól, heimsbǫllr kveðr vel.**

We shall heal our wounds, collect our dead and keep fighting.
- **Búa munom vér at sárum órum, safna saman enum fǫllnu ok berjask áfram.**

Life moves pretty fast. If you don't stop and look around once in a while, you could miss it.
- **Lífit ríðr hart. Ef dvelr þú eigi ok hyggr at stundum, kann svá fara at þú missir af því.**

If you are going through hell, keep going.
- **Ef farir þú um hel, nem eigi staðar.**

I am The Ancient, I am The Land.
- **Ek em enn forni, ek em landit.**

All words are made up.
- **Orð ǫll ero tilbúningr.**

By Brimir's big blue balls!
- **Vit nautdigrar, helbláar hreðjar Brimis!**

Let my enemies not fear the darkness alone, but to fear that it brings me with it!
- **Lát óvini mína eigi óttask myrkrit eitt, en hræðask þat, at ek fylgi því!**

Imagination is more important than knowledge.
- **Hugarafl es þekkingu betri.**

Be Safe, Stay Dangerous
- **Gættu að, ver áfram hættuligr**

Have fun storming the castle!
- **Haf þú skemmtan nokkra af atlǫgunni vit kastalann!**

You should not drink and bake.
- **Eigi skyldi maðr ǫl drekka ok brauð baka.**

Just do the next right thing.
- **Gør þá þat, es næstréttask er.**

The only constant in life is change.
- **It eina sem eigi breytisk í lífinu, es at þat breytisk ætíð.**

I have the high ground. You underestimate my power.
- **Ek hefi it efra vígi. Þú vanmetr vígfimi mína.**

Remember the oath.
- **Mundu eið þinn.**

Marvin, your heart is my heart.
- **Marrvinr, hjarta þitt es hjarta mitt.**

Roads? Where we're going, we don't need roads.
- **Vegir? Á várri leið muno vér engra vega þarfnask.**

Heaven help me be a better man.
- **Englar himins hjálpi mér at verða betri maðr.**

In retrospect, I should have thought that through better.
- **Allt orkar tvímælis, þá er gert er.**

What is best in life? To crush your enemies, see them driven before you and hear the lamentation of their women!
- **Hvat er it besta í lífinu? At tortíma sínum óvinum, sjá þeim varpat fyrir fætr sína, ok heyra grát kvenna þeira!**

A well made anvil does not fear Thor's hammer.
- **Eigi óttask góðr steði hamar Þórs.**

Make it so.
- **Þat munt þú ok svá gøra.**

I'm giving her all she's got, Captain, she cannae take anymore!
- **Ek ræ sem má ek, stýrimaðr, en ei þolir skipit meira!**

Adorn the truth.
- **Klæzk þú sannleikanum.**

I have been... and always shall be... your friend.
- **Ek em, ok verð, þinn vinr.**

Our greatest glory is not in never falling, but in rising every time we fall.
- **Vár mesti styrkr es eigi, at vér fǫllom aldri, en rísom hverjo sinni er vér fǫllom.**

Do, or do not, there is no try.
- **Gør, eðr gør eigi. At reyna es ekkert.**

That's what she said!
- **Þat es it sama, ok hon hefir sagt!**

Nothing will work unless you do.
- **Til einskis er at vinna, ef eigi vinnr þú.**

As you wish.
- **Sem þér óskit.**

Inconceivable!
- **Óhugsandi!**

You can't handle the truth!
- **Eigi þolir þú it sanna!**

A brave man acknowledges the strength of others.
- **Hugaðr maðr viðrkennir styrk annara.**

Friday night and the lights are low,
Looking out for a place to go
  ◆ **Frjádags aptan ok ljósin ero dimm,**
  Leitum vér nǫkkurar veizlo at sækja.

You are the dancing queen.
  ◆ **Þér eruð dansdróttningin.**

These aren't the droids you're looking for.
  ◆ **Eigi ero þetta velmennin er leitar þú at.**

How demeaning to be set upon by nitwits.
  ◆ **Illt es, at vera umkringdr fíflum.**